LA CASA EN EL ÁRBOL

de 26 pisos

LA CASA EN EL ÁRBOL

de 26 pisos

Andy Griffiths

Ilustraciones de Terry Denton
Traducción de Rita da Costa

RBA

Título original inglés: *The 26-Story Treehouse.*

© del texto: Backyard Stories Pty Ltd, 2012.
© de las ilustraciones: Terry Denton, 2012.
© de la traducción: Rita da Costa, 2015.
© de esta edición, RBA Libros, S.A., 2015.
Avda. Diagonal, 189 08018 Barcelona.
rbalibros.com

Adaptación de la cubierta: Compañía.

Primera edición: mayo de 2015.
Segunda edición: octubre de 2015.

RBA MOLINO
REF.: MONL240
ISBN: 978-84-272-0850-6
DEPÓSITO LEGAL: B. 8.104-2015

FOTOCOMPOSICIÓN: ÀTONA VÍCTOR IGUAL, S. L.

Impreso en España-Printed in Spain

SUMARIO

CAPÍTULO 1

LA CASA EN EL ÁRBOL DE 26 PISOS

Hola, me llamo Andy.

Este de aquí es mi amigo Terry.

Vivimos juntos en un árbol.

Bueno, cuando digo «un árbol» me refiero a una casa en el árbol. Y cuando digo «una casa en el árbol» no me refiero a la típica casucha hecha con cuatro tablones, ¡sino a una casa en el árbol de 26 pisos! (Antes era una casa en el árbol de 13 pisos, pero le hemos añadido otros trece.)

Así que, ¿a qué esperas?
¡Vamos, sube!

Hemos añadido una pista de autochoques,

una rampa para monopatines
(con su foso de cocodrilos para darle más emoción),

una cancha de lucha en el barro,

una cámara
de gravedad cero,

un lago helado (en el que patinan pingüinos
de carne y hueso),

un estudio de grabación,

un toro mecánico llamado Kevin,

un TAC (que significa Tatuajes Automáticos en Color, por si no lo sabíais),

una heladería con setenta y ocho sabores a elegir en la que trabaja un robot llamado Eduardo Manoscucharas.

y el Laberinto Maldito, un laberinto tan grande que nadie que haya entrado en él ha podido salir jamás.

La casa en el árbol no solo es nuestro hogar, sino también donde hacemos libros juntos. Yo pongo los textos y Terry las ilustraciones.

Como puedes comprobar, llevamos bastante tiempo haciéndolo.

Y sí, Terry puede llegar a ser un poco pesado...

Pero por lo general nos llevamos bastante bien.

CAPÍTULO 2

DE CÓMO NOS CONOCIMOS

Si eres como la mayoría de nuestros lectores, lo más probable es que te estés preguntando cómo nos conocimos Terry y yo. Bueno, es una historia bastante larga, pero también emocionante, y empieza así...

Érase una vez
una ciudad muy grande,
en una tierra lejana...

y en lo más alto de esa torre muy alta había un piso...

... en el que vivía un niño que se sentía muy solo...

¡RIING! ¡RIING!

¡RIING! ¡RIING!

¡RIING! ¡RIING!

Perdonad un segundo. Es nuestro videoteléfono.
Será mejor que conteste. Seguramente es el señor
Narizotas, nuestro editor.

Pues sí, tenía razón, es el señor Narizotas. No hay
nadie más en el mundo con una nariz tan descomunal.

—¿Por qué has tardado tanto? —pregunta—.
¡No tengo todo el día!

—Pero si solo ha sonado seis veces —contesto.

—¡No me repliques! —dice él—. Estoy muy
ocupado y no tengo tiempo para andar discutiendo.
¿Cómo lleváis el nuevo libro?

—De momento, bien —contesto—. Estoy contando
cómo nos conocimos Terry y yo.

—¡Gran idea! —exclama el señor Narizotas—.
Por cierto, ¿cómo os conocisteis, zoquetes?

—Bueno, es una historia bastante larga
—contesto—, pero también emocionante, y...

—No tengo tiempo para historias largas —interrumpe el señor Narizotas—. Guárdatela para el libro, ¡pero asegúrate de que esté en mi mesa el viernes que viene!

La pantalla se queda en blanco.

¿El viernes?

¡Pero si eso es la semana que viene!

No tenemos demasiado tiempo. Será mejor que me ponga manos a la obra. A ver, ¿por dónde iba? Veamos...

La tierra lejana...

... la ciudad muy grande...

... la torre muy alta...

—¡Andy! —exclama Terry, entrando de sopetón en la cocina—. ¡Tenemos un problema!

—¿Qué clase de problema? —pregunto.

—¡Los tiburones están enfermos!

—¿Qué les pasa?

—¡Se han comido mis calzoncillos!

CAPÍTULO 3

DE POR QUÉ LOS TIBURONES SE COMIERON LOS CALZONCILLOS DE TERRY

Me quedo mirando a Terry unos instantes, tratando de asimilar lo que me acaba de contar.

—Lo siento —empiezo—, pero creo que no te he entendido bien. Me ha parecido oírte decir que los tiburones se han comido tus calzoncillos.

—¡Eso es exactamente lo que he dicho! —confirma Terry—. ¡Y se han puesto muy enfermos! Están tirados en el fondo del tanque, sin moverse.

—Pero ¿por qué se han comido tus calzoncillos? —le pregunto—. ¿Y cómo han ido a parar al tanque, para empezar?

—Bueno... —contesta Terry—, se me ocurrió usar el tanque de los tiburones para lavar los calzoncillos. Primero agité un maniquí por encima del agua para que los tiburones lo tomaran por una persona de carne y hueso y empezaran a saltar de aquí para allá, intentando comérselo, y así conseguí que revolvieran el agua, ya sabes, como pasa en las lavadoras.

—Luego colgué los calzoncillos en la punta de un palo y los metí en el agua.

»Pero los tiburones estaban tan alterados que no paraban de botar. Arrancaron los calzoncillos del palo y se los comieron. Ahora están tirados en el fondo del tanque, ¡y tienen muy mala cara!

¿Sabes?, Terry ha hecho unas cuantas tonterías en su vida, ¡pero esta se lleva la palma!

Las 5 tonterías más grandes que ha hecho Terry en su vida.

5. Echar gelatina (a saco) en la piscina de los pingüinos.

4. Montar a caballo por la playa y pasar de largo ante una señal que ponía

«PELIGRO: ARENAS MOVEDIZAS».

Todo saldrá bien, caballito.

45

—¿Qué vamos a hacer, Andy? —pregunta Terry.

—No estoy seguro —contesto—. Ojalá conociéramos a alguien que adorara a los animales y lo supiera todo sobre ellos y viviera cerca de aquí para que pudiera venir enseguida.

—Sí —dice Terry—, alguien como Jill.

—Sí —repito yo—, alguien exactamente como Jill.

—¡Oye, ya lo tengo! —exclama Terry—. ¿Por qué no llamamos a Jill?

—¡Buena idea! —le digo.

Por si no sabes quién es Jill, resulta que es nuestra vecina. Vive justo al otro lado del bosque y adora a los animales y lo sabe todo sobre ellos. Tiene dos perros, una cabra, tres caballos, cuatro peces de colores, una vaca, seis conejos, dos conejillos de Indias, un camello, un burro y trece gatos voladores.

Terry se levanta de un brinco.

—¡La llamaré por el videoteléfono ahora mismo!

—Pero Jill no tiene videoteléfono —observo.

—No pasa nada —contesta Terry—. Usaré mi nuevo tubo parlante revestido de titanio, superflexible e infinitamente extensible.

Dichoso tubo.

—Oye, Jill —dice Terry—. ¿Podrías venir cuanto antes?

—Ahora mismo estoy un poco ocupada —contesta Jill—, merendando con mis gatnarios.

—¡Pero es una emergencia! —insiste Terry—. ¡Los tiburones están enfermos!

—¿Qué les pasa? —pregunta Jill.

—Se han comido mis calzoncillos —contesta Terry.

—¿Tus calzoncillos? —exclama Jill—. ¡Oh, no! ¿Cuántos pares?

—Tres —contesta Terry.

—Espero que estuvieran limpios —dice Jill.

—Pues... no —confiesa Terry—. Verás, precisamente estaba intentando lavarlos...

—¡OH, NO! —exclama Jill—. Salgo para allá ahora mismo. ¡Nos vemos en el tanque de los tiburones!

—¡Aquí llega Jill! —anuncia Terry.

—¡Uala! —exclamo—, ¡qué rapidez!

—Sí —confirma Jill—, ¡los gatos voladores son fantásticos! Convertir a Frufrú en un gatnario es lo mejor que has hecho en tu vida, Terry. En cambio, echar tus calzoncillos a los tiburones tiene que ser lo peor que has hecho nunca.

Jill observa a los tiburones desde fuera.

—Pobrecillos —dice—. Será mejor que me meta en el agua para examinarlos más de cerca.

Terry y yo vemos cómo Jill y sus gatos se zambullen en el tanque y se ponen manos a la obra.

Prueba con la acupuntura...

... un masaje en la aleta dorsal...

... meditación guiada...

... gimnasia para tiburones...

... y pelis que los motiven...

... pero nada parece funcionar.

Finalmente, Jill sale a la superficie.

—Nunca he visto a unos tiburones tan enfermos —dice—. De hecho, están tan malitos que voy a tener que operarlos.

—¿Operarlos? —pregunto yo.

—Sí —responde Jill—. ¡Tengo que hacer una operación a tiburón abierto!

CAPÍTULO 4

OPERACIÓN A TIBURÓN ABIERTO

Hay que reconocer que Jill adora realmente a todos los animales. Incluso a los tiburones.

A ver, a mí me gustan los animales, y creo que los tiburones son unos bichos la mar de interesantes, pero NI LOCO me metería en un tanque para operarlos, por muy malitos que estuvieran.

Y a juzgar por cómo tiembla Terry, diría que la idea tampoco le tienta demasiado.

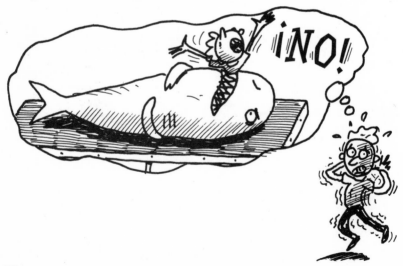

—Bueno —digo—, será mejor que te dejemos trabajar, Jill. ¡Suerte!

—¿Adónde os creéis que vais? —replica Jill.

—A la cocina —contesto yo—. Verás, me has pillado en medio de una historia y he dejado a los lectores esperando.

—Sí —dice Terry—. Será mejor que lo acompañe. Andy me necesita para dibujar las ilustraciones.

—¡Ni hablar! —replica Jill—. Ni se os ocurra moveros de aquí. Necesito que me ayudéis con la operación.

—Pero ¿qué pasa con los lectores? —pregunto.

—No te preocupes —dice Jill—. Ya me encargo yo de ellos.

»¡Hola, lectores! Perdonad, pero tenemos una pequeña emergencia y necesito robaros a Andy y Terry un ratito, ¿de acuerdo? ¡Genial! Gracias por ser tan comprensivos. ¡Si queréis podéis quedaros y asistir a la operación! Eso sí, intentad no estornudar; no queremos contagiarles nada más a estos pobres tiburones.

Jill se vuelve de nuevo hacia nosotros.

—He explicado la situación a los lectores y lo han entendido perfectamente, así que poneos los trajes de buzo y vamos allá.

Terry y yo nos encogemos de hombros, nos ponemos los trajes de buzo y, siguiendo a Jill, nos metemos en el tanque.

No sé si habéis estado alguna vez en un tanque lleno de tiburones asesinos, pero creedme, es para echarse a temblar. Los tiburones parecen más grandes incluso bajo el agua que vistos desde fuera.

—¿Y si los tiburones se despiertan y se les abre el apetito mientras los estamos operando? —pregunto.

—Eso no pasará, créeme —dice Jill—. Pero, por si acaso, les pondré a todos una buena dosis de la poción «Dulces Sueños, Tiburón», del doctor Cabezahueca.

—¿Puedo hacer una pregunta? —le digo.

—Claro —contesta Jill.

—¿No estamos bajo el agua?

—Anda, pues claro —contesta ella.

—¿Y cómo es que podemos hablar?

—Lo siento, Andy, pero eso son dos preguntas y solo tenemos tiempo para una. ¿Listos?

—Sí, pero ¿qué tenemos que hacer? —pregunta Terry—. Nunca habíamos operado a un tiburón.

—No es tan difícil —dice Jill—. Sabéis cómo funcionan las cremalleras, ¿verdad?

—Sí.

—Pues los tiburones tienen una que les recorre la tripa de arriba abajo. Lo único que hay que hacer es abrirla y sacar lo que hay dentro.

—¡Uala! —exclamo—. ¡Nunca hubiese imaginado que los tiburones tuvieran cremalleras!

Abro la cremallera de mi tiburón y me asomo al
interior de su tripa. Como era de esperar, está llena de
pescado. No veo ni rastro de los calzoncillos de Terry,
pero sí una especie de gran objeto redondo. Hundo las
manos y lo saco hacia fuera.

—¡Mirad, es la cabeza de madera del capitán
Carapalo!

—¡Ahí va! —exclama Terry.

—Madre mía... —dice Jill—. Qué grima.

Jill tiene razón. Da mucha grima.

Aunque los ojos están hechos de madera, tienes la impresión de que te miran fijamente.

Y es curioso que aparezca precisamente ahora, porque
el capitán Carapalo tiene mucho que ver con lo que
os estaba contando antes de cómo nos conocimos
Terry y yo.

   ¿Recuerdas al niño solitario, el que vivía en lo más
alto de una torre muy alta? Pues, verás...

—¡Andy! —me regaña Jill—. ¡Para de hablar con los lectores! ¡Por si lo has olvidado, estás en medio de una operación a tiburón abierto! A ver si nos concentramos y acabamos lo que hemos venido a hacer, y luego podrás soltar todas las chorradas que quieras.

—No estoy soltando chorradas —replico—, sino narrando una historia.

Jill y Terry se miran el uno al otro, ponen los ojos en blanco y sonríen.

—Lo que sea —dice Jill—, pero ya lo harás luego.

—¡Eh, mirad lo que he encontrado! —exclama Terry, sosteniendo un par de calzoncillos.

—Yo también acabo de encontrar un par —digo yo, sacando los calzoncillos de la tripa de mi tiburón.

—Y aquí está el tercero —anuncia Jill, sujetándolo lo más lejos que puede—. ¡Terry, estos calzoncillos están que dan asco!

—¡Lo sé! —replica él—. ¡Por eso intentaba lavarlos!

—¿Se pondrán bien los tiburones? —pregunto.

—Eso espero —responde Jill—. Creo que lo mejor será cerrar las cremalleras y dejar que descansen. Podéis iros, los gatos y yo nos encargamos del resto.

CAPÍTULO 5

LA HISTORIA DE TERRY

De vuelta en la cocina, la máquina dispensadora de chuches detecta lo hambrientos que estamos y empieza a dispararnos nubes a la boca.

—Bueno —empieza Terry con la boca llena de nubes—, ¿qué les estabas contando a los lectores cuando te he interrumpido?

—Cómo nos conocimos tú y yo —contesto.

—¡Ah, me encanta esa historia! —dice Terry—. Nos habíamos perdido en el bosque...

... y luego nos encontramos y descubrimos aquella casa hecha de golosinas...

... y empezamos a comérnosla, y una dulce ancianita nos invitó a entrar en la casa...

... y luego te encerró en una jaula para cebarte y así poder comerte, lo que, ahora que lo pienso, no fue demasiado amable por su parte, que digamos...

... así que cogí y la metí en el horno de un empujón, lo que, ahora que lo pienso, no fue demasiado amable por mi parte, pero...

—Terry —lo interrumpo—, no fue así como nos conocimos... ¡Te estás confundiendo con *Hansel y Gretel*, un cuento de hadas!

(¿Recuerdas que te dije que Terry puede llegar a ser un poco pesado a veces? Pues esta es una de esas veces.)

Terry me mira arrugando el entrecejo. Parece confuso.

—Ah, sí... Me he confundido —dice—. Ahora me acuerdo. Ese día iba a llevarle un poco de comida a mi abuela, que estaba enferma, y me topé contigo en el bosque.

Tenías grandes ojos...

Grandes dientes...

Y por entonces tenías el cuerpo cubierto de pelo...

Más tarde te pusiste la ropa de mi abuela... Nunca he entendido a santo de qué.

—¡Yo no he hecho nada de eso! —le digo—. Y tampoco fue así como nos conocimos. ¡Te confundes con *Caperucita roja*!

Terry se da una palmada en la cabeza.

—¿En serio? ¡Pues claro! Perdona, Andy. ¿Cómo he podido ser tan tonto? Espera, ahora sí que me acuerdo. Había un castillo...

Nos conocimos en el baile y enseguida congeniamos...

Pero cuando el reloj dio las doce te fuiste corriendo y perdiste un zapatito de cristal por el camino.

Te busqué por todas partes, a lo largo y ancho del reino, pero...

—¡Terry! —le grito—. ¡No das una! ¡Eso es *Cenicienta*!

Terry se encoge de hombros.

—Entonces me rindo. No tengo ni idea de cómo nos conocimos.

—Bueno —le digo—, si me prometes que te estarás calladito las siguientes veintiuna páginas, te lo cuento.

—Vale —dice Terry—. Te lo prometo.

Érase una vez una ciudad muy grande, en una tierra lejana...

... y en esa ciudad muy grande había una torre muy alta...

... y en lo más alto de esa torre muy alta había un piso...

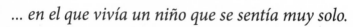

... en el que vivía un niño que se sentía muy solo.

El niño se sentía muy solo porque no tenía amigos. Y no los tenía porque a sus padres les parecía demasiado peligroso que tuviera amigos.

De hecho, todo les parecía demasiado peligroso. Nunca dejaban que el niño pusiera un pie fuera de casa.

El niño tenía una habitación acolchada,

dormía en una cama acolchada de la que era
imposible caerse,

No le dejaban ver la tele.

No le dejaban jugar con el ordenador.

Y tampoco le dejaban tener juguetes
ni juegos de ninguna clase.

Lo único que tenía para entretenerse eran los libros
(con cantos redondeados) que sus padres habían
escogido por él.

Aquellos libros no contenían una sola idea arriesgada,
un solo personaje que se enfrentara a algún tipo de
peligro, una sola historia que tuviera algo que ver con
situaciones peligrosas o potencialmente peligrosas,
es decir, que no contenían apenas nada.

El niño solitario no podía siquiera comer comida de verdad. Sus padres le trituraban todos los alimentos para asegurarse de que no se atragantaba, y se los servían fríos para asegurarse de que no se quemaba.

Hasta que un día decidieron que hasta la comida triturada y fría era demasiado peligrosa, por lo que le pusieron un gotero y pasaron a alimentarlo con suero en vena.

Además, para acabar de rematarlo, llenaron el piso con alarmas de seguridad de toda clase. Tenían alarmas antiincendios, alarmas antiinundaciones, alarmas antirrobo, alarmas antiarañas, alarmas antitigres, alarmas antivampiros, alarmas para las falsas alarmas y hasta alarmas para las alarmas de falsas alarmas.

También compraron al niño un par de calzoncillos de emergencia autoinflables, por si algún día se caía al agua.

A lo mejor piensas que lo de los calzoncillos de emergencia autoinflables ya es pasarse de la raya, teniendo en cuenta que el niño nunca salía de casa, pero ahí te equivocas, porque da la casualidad de que acabaron salvándole la vida.

Una noche, mientras todos dormían, un enchufe sobrecargado con demasiados aparatos de seguridad se recalentó y empezó a arder.

El niño se despertó con la alarma antiincendios. Se levantó de la cama y se fue corriendo hacia la puerta, pero el humo y las llamas le cortaron el paso.

Se fue hacia la ventana pero, por supuesto, tenía echado el cierre de seguridad.

Entonces el niño cogió su sillón de seguridad, lo tiró contra la ventana y abrió un gran agujero en el cristal.

Luego salió por la ventana rota y se quedó de pie en la cornisa que bordeaba el edificio.

Aquella era, con diferencia, la situación más peligrosa a la que se había enfrentado el niño. Bueno, en realidad era la única situación peligrosa a la que se había enfrentado.

Miró hacia abajo y se dio cuenta de que estaba muy, muy, pero que muy arriba.

Se volvió para mirar hacia su habitación, completamente envuelta en llamas.

El niño sabía que saltar desde lo alto de una torre de pisos muy alta era peligrosísimo, pero también lo era quedarse en un piso ardiendo. Puede que fuera incluso más peligroso que saltar desde lo alto de una torre de pisos muy alta.

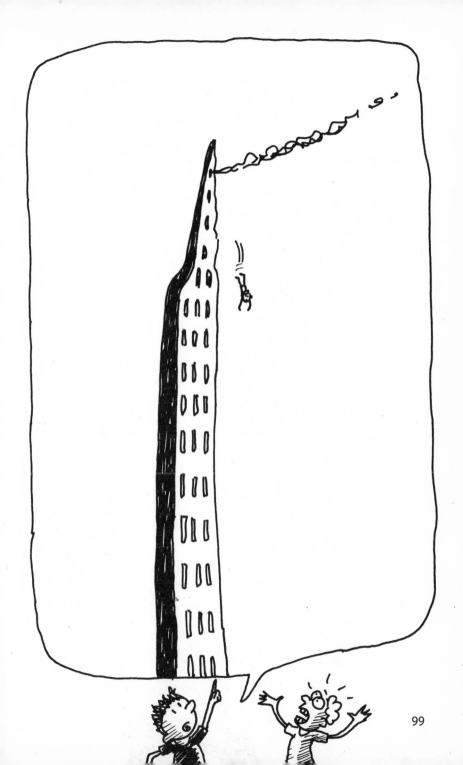

99

Rebotó en una palmera...

... y salió disparado...

... hasta otra palmera...

... de la que también salió rebotado...

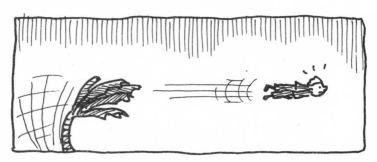

... y fue a darse con otra palmera...

... y luego se dio con unas cuantas palmeras más...

... hasta que cayó con gran estrépito a un río cercano.

El niño no sabía nadar, pero en cuanto cayó al agua sus calzoncillos de emergencia autoinflables se llenaron de aire y se lo llevaron flotando...

... río abajo...

... hasta que fue a parar al mar.

—¿Y no le pasó nada malo? —pregunta Terry.

—Pues la verdad es que no —le digo—, porque yo te rescaté con mi patín.

—¿A mí? —pregunta Terry.

—Sí, porque tú eres el niño de la historia.

—¿En serio?... Ah, sí, ahora me acuerdo... ¡Era yo! Por supuesto... Era yo todo el rato... Pero ¿qué hacías tú en un patín?

—Bueno, en realidad esa es otra historia completamente distinta —le digo.

—¿Es una historia larga?

—Un poco.

—¿Podemos ir a comer un helado primero?

—¡Buena idea! —le digo—. Vamos a ver a Eduardo Manoscucharas.

POR AQUÍ SE VA A LA HELADERÍA

CAPÍTULO 6

LA HISTORIA DE ANDY

En la heladería, yo me pido un cucurucho con dos bolas de chocolate pero, como siempre, Terry es incapaz de decidirse.

—Date prisa —le digo—, ¡tenemos a los lectores esperando!

—Lo siento —contesta—, pero hay setenta y ocho sabores. No quiero equivocarme.

—Podrías pedirles a los lectores que te ayudaran a escoger —sugiero.

—¡Gran idea! —exclama Terry—. Eso haré.

—Lo quiero de todos los sabores, Eduardo, por favor
—dice Terry.

—¡Marchando un helado de todos los sabores!
—anuncia Eduardo Manoscucharas mientras sus
manos con forma de cuchara empiezan
a moverse a la velocidad del rayo.

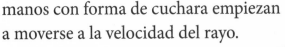

Saca
una cucharada...   ... y otra...   ... y otra...

CHOCOLATE   DOBLE CHOCOLATE   TRIPLE CHOCOLATE

... y otra...   ... y otra...   ... y otra...

VAINILLA   MUY VAINILLA   FRESA

... y otra... ... y otra... ... y otra...

HAMBURGUESA PERRITO CALIENTE ESPAGUETI

... y otra... ... y otra... ... y otra...

GALLETAS CON NATA QUESO Y GALLETAS RON CON PASAS

... y otra... ... y otra... ... y otra...

PESCAÍTO FRITO SALSA DE TOMATE HUEVOS CON BEICON

... y otra... ... y otra... ... y otra...

HUEVOS SIN BEICON BEICON SIN HUEVOS SIN HUEVOS NI BEICON

... y otra...   ... y otra...   ... y otra...

POKÉMON   VACACIONES DE VERANO   BICI NUEVA

... y otra...   ... y otra...   ... y otra...

DÍA DE NAVIDAD   COCO   COCOTAZO

... y otra...   ... y otra...   ... y otra...

CHICLE   REFRESCO   CONFETI

... y otra...   ... y otra...   ... y otra...

CARAMELO   PALOMITAS   QUESO FUNDIDO

115

... y otra...   ... y otra...   ... y otra...

CIELO
AZUL

SELVA
NEGRA

CARA OCULTA
DE LA LUNA

... y otra...   ... y otra...   ... y otra...

ECLIPSE
TOTAL

TARTA DE
CUMPLEAÑOS

CHUCHES
VARIADAS

... y otra...   ... y otra...   ... y otra...

PIRULETA

MANZANA
CARAMELIZADA

NARCISO

... y otra...   ... y otra...   ... y otra...

ARCOÍRIS

SIDRAL

PANAL

... y otra...   ... y otra...   ... y otra...

CHOCO Y MENTA

REGALIZ

INVISIBLE

... y otra...   ... y otra...   ... y otra...

TUTTI FRUTTI

NACHOS DE MAÍZ

GUSANOS DE GOMINOLA

... y otra...   ... y otra...   ... y otra...

CARAMELOS MASTICABLES

DULCE DE LECHE

CHOCOLATE CON NUECES

... y otra...   ... y otra...   ... y otra...

BALDOSAS AMARILLAS

CARRETERA SINUOSA

CAMINO DE CABRAS

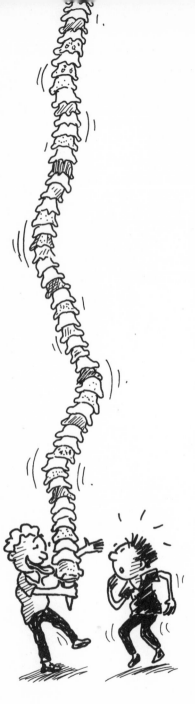

Finalmente, el helado de Terry está listo para comer.

—¿Te has pasado un poquito, no? —digo.

—Lo sé —dice él—. Pero los lectores han empezado a sugerir muchos sabores distintos y no quería hacerle un feo a nadie, así que he decidido probarlos todos.

—No te lo comas demasiado deprisa —le advierto—, o te dolerá la tripa.

—Tranquilo —contesta Terry—. Me lo iré comiendo despacito mientras tú cuentas la historia.

—Vale —le digo—. Vamos allá...

Érase una vez un niño que tenía los padres más crueles, insensibles y malvados de todo el planeta.

Eran muy estrictos y se inventaban toda clase de reglas y normas aburridas que imponían al pobre niño.

Por ejemplo, lo obligaban a llevar zapatos,

a lavarse los dientes,

Buen chico.

← Espejo

a peinarse,

a ponerse una gorra cuando hacía sol,

y a abrigarse cuando hacía frío.

Lo obligaban a echar una mano en casa,

a hacer los deberes,

a comer con cuchillo y tenedor,

y no le dejaban quedarse despierto toda la noche siempre que le apetecía.

Las siete, ¡a dormir!

¡Pero si la peli aún no ha empezado!

El chico tenía muy claro que sus padres nunca se cansarían de imponerle reglas y normas absurdas, y llegó a la conclusión de que no le quedaba más remedio que escapar de casa. Así que eso hizo.

El niño adoraba su nueva vida y era muy feliz, lo que no es de extrañar, porque ya no tenía que seguir las aburridas reglas de sus padres.

No tenía que llevar zapatos,

ni peinarse,

ni ponerse gorra cuando hacía sol,

Piojos tirándose al vacío.

ni abrigarse cuando hacía frío,

125

ni ir a clase,

ni comer con cuchillo y tenedor,

¡CRUNCH!

y podía quedarse despierto toda la noche siempre que le apetecía, es decir, todas las noches.

127

Encontraba —o cogía prestada— toda la comida que necesitaba

y se hizo un experto en la construcción de refugios de todo tipo, sobre todo casas en los árboles.

¡Dichoso helado!

Un día, sin embargo, cuando el niño estaba en un restaurante finolis cogiendo algo de comida prestada, volcó sin querer una de las mesas.

Un camarero enfadado lo hizo salir por piernas.

Lo persiguió calle abajo,

y por un parque.

Al final, el niño llegó a la orilla de un lago en el que se alquilaban patines con forma de cisne.

¡i!

Por supuesto, el niño no podía pagar el alquiler de un patín, así que lo cogió prestado y pedaleó hasta la otra punta del lago,

tan deprisa como se lo permitían sus piernas.

Lo que él no sabía, sin embargo, es que el lago era en realidad un brazo de mar que desembocaba en el océano, y la corriente lo arrastró mar adentro.

Me duele la lengua...

Pasó muchos días flotando a la deriva a bordo del patín...

135

... hasta que vio a lo lejos lo que parecía un islote con dos colinas.

Pedaleó en esa dirección, pero al acercarse se dio cuenta de que no era un islote, ni mucho menos...

... ¡sino un niño que flotaba gracias a un par de enormes calzoncillos inflables!
¿?

—Oye —dice Terry—, ¡yo también tengo un par de calzoncillos inflables!

—Lo sé —contesto—, ¡porque ese niño eras tú!

—¡Ah, claro, y el chico del patín eras tú! ¡Tú me salvaste! Y así fue como nos conocimos. Me encantan las historias con final feliz.

—Pero la historia no se acaba aquí —le digo.

—¿Ah, no?

—No, porque entonces caímos prisioneros del capitán Carapalo.

—¿Quién es el capitán Carapalo? —pregunta Terry.

—Ya sabes... —le digo—, el capitán Carapalo, el pirata.

—¡¿Un pirata?! —exclama Terry—. ¡Odio a los piratas!

—Hablando de piratas —comenta Jill, que entra en la cocina con la cabeza de madera del capitán Carapalo en las manos—, ¿qué queréis que haga con esto?

—Quedaría genial en nuestro espantapájaros —sugiere Terry.

—No sabía que tuvierais un espantapájaros —dice Jill.

—No lo tenemos —explica Terry—, pero si lo tuviéramos, ¡esta cabeza le iría que ni pintada!

—Ni hablar —replico—. No quiero volver a ver la cara del capitán. Lo odio.

—Ya... —dice Jill—. Yo también.

—Ah, ¿pero tú también lo conocías? —pregunta Terry.

—Sí, ¿no te acuerdas? Yo estaba en su barco cuando os hizo prisioneros a Andy y a ti. ¡Nunca olvidaré la primera vez que te vi, Terry! ¡Parecía que llevaras pañal!

—No era un pañal —replica Terry—, sino unos calzoncillos de emergencia autoinflables. Cuando se desinflan hacen un poco de bolsa.

—Y Andy estaba tan asustado que se echó a llorar —añade Jill.

—No estaba llorando —desmiento—. Lo que pasa es que se me había metido agua salada en los ojos.

—¿Y qué hacías tú en el barco del capitán Carapalo, Jill? —pregunta Terry.

—Bueno, es una historia un poco triste... —contesta Jill.

—Qué bien —dice Terry—, me encantan las historias tristes.

—De acuerdo —contesta Jill—, pero tendréis que esperar al siguiente capítulo.

—Vaya... —murmura Terry, decepcionado.

—No te preocupes —le dice Jill—, no tendrás que esperar demasiado, está a la vuelta de la página.

—¡Guay! —exclama Terry.

LA HISTORIA DE JILL

Érase una vez una niña que adoraba a los animales. No solo los adoraba, sino que los entendía y se hacía entender por ellos.

Pasaba cada minuto de su tiempo libre en compañía de animales, y los ayudaba siempre que podía.

Pero lo que la niña deseaba por encima de todas las cosas era tener su propia mascota, y aunque sus padres eran muy ricos y podían haberle comprado millones de mascotas, no le dejaban tener ni una... Ni siquiera una hormiga.

Sus padres solo pensaban en dar fiestas para sus amigos repijos a bordo de un enorme y lujoso yate.

Un día, la niña estaba en la cubierta del yate de sus padres cuando vio un pez inmenso. Era de color crema, tenía vetas de un azul verdoso por todo el cuerpo y olía como un viejo queso apestoso.

La niña, que lo sabía todo acerca de los animales, lo reconoció enseguida como el legendario Gorgonzola, la criatura marina más glotona y repugnante de los siete mares. Olía igual que el queso pestilente que le daba nombre, y surcaba las aguas del océano devorando cuanto encontraba a su paso.

La niña vio, horrorizada, como Gorgonzola se acercaba al yate...

... cada vez más...

... y más...

Llamó a sus padres para advertirles del peligro, pero, con todo el jaleo de la fiesta, no la oyeron.

La niña se asomó por encima de la barandilla para suplicar a Gorgonzola que no devorara el yate de sus padres, pero al inclinarse hacia delante perdió el equilibrio y cayó al agua.

Por unos instantes, temió que Gorgonzola fuera a zampársela de un bocado, pero era tan pequeña que el animal ni siquiera la vio.

Pidió auxilio a gritos, pero a bordo del yate su voz quedaba ahogada por el tintineo de las copas de champán y las risas de los invitados.

Se quedó flotando a la deriva, viendo como el enorme yate de sus padres se alejaba hasta desaparecer, seguido de cerca por Gorgonzola.

La niña se preguntaba qué hacer cuando pasó un iceberg flotando. Se subió a él, y cuál no sería su asombro al ver a una gatita encaramada en lo alto del hielo.

Cogió a la gatita y la abrazó. Nunca había tocado nada tan suave y sedoso. «Te llamaré Frufrú», dijo.

—¡Igual que tu gata! —exclama Terry.

—Claro, porque es mi gata —contesta Jill—. Así nos conocimos Frufrú y yo. Estoy contando mi historia, ¿recuerdas?

—Ah, claro —dice Terry—. Me tenías tan atrapado que ni me acordaba.

—Pero ¿qué hacía Frufrú flotando en un iceberg en medio del océano? —pregunto yo.

—Por desgracia, todos los años se abandonan miles de gatitos en icebergs —dice Jill con lágrimas en los ojos—. Y no solo gatos, sino muchos otros animales. Escuchad el resto de mi historia y veréis...

Mientras flotábamos en el iceberg, Frufrú y yo
rescatamos a dos perros,

una cabra,

tres caballos,

cuatro peces de colores,

una vaca,

seis conejos,

157

dos conejillos de Indias,

un camello...

... *y un burro.*

Pero apenas cabíamos todos a bordo del iceberg,
y la temperatura empezó a subir. Cuanto más subía,
más se derretía el hielo.

El iceberg se fue haciendo cada vez más pequeño...

... y más pequeño...

... y más pequeño...

—¿Y qué pasó entonces? —pregunta Terry—. ¿Os ahogasteis todos?

—No, no nos ahogamos —contesta Jill—. Entonces vimos un barco.

—¡Menos mal! —exclama Terry.

—Sí, eso mismo pensamos nosotros al principio —replica Jill—. ¡Pero resultó ser un barco pirata! ¡Y así fue como caímos prisioneros del aterrador, cruel y detestable capitán Carapalo!

—¡Odio a los piratas! —exclama Terry.

—Yo también —dice Jill.

—Y yo —coincido.

CAPÍTULO 8

DE POR QUÉ ODIAMOS TANTO A LOS PIRATAS

A lo mejor te preguntas por qué odiamos tanto a los piratas. Verás, como ya hemos mencionado tanto Jill como yo, todos nosotros caímos en las garras de un pirata, y no de uno cualquiera, sino del peor pirata que haya vivido jamás: el capitán Carapalo.

¿Recuerdas esa cabeza de madera que encontramos en la tripa del tiburón? Si no te acuerdas, vuelve a la página 71 y échale un vistazo.

Si te acuerdas de la cabeza de madera, ya sabrás la pinta tan espantosa que tenía el capitán Carapalo, así que puedes pasar directamente al siguiente párrafo y leer el resto de la historia. Así comprenderás por qué odiamos tanto a los piratas.

Tal como ha dicho Jill, el capitán Carapalo era uno de los piratas más aterradores, crueles y detestables que hayan surcado jamás los siete mares.

Sí, nos rescató a todos, pero para convertirnos en sus esclavos... ¡incluso a los animales!

a cavar cientos de agujeros profundísimos para todos sus cofres del tesoro,

y lo peor de todo: nos obligaba a limpiar y sacar brillo a la cubierta de la caca.

Un día, estábamos limpiando la cubierta de la caca cuando Terry dijo:

—Odio a los piratas. Son asquerosos.

—¿Cuántas veces te lo tengo que decir? —le regañé—. ¡Baja la voz, que el capitán Carapalo podría oírte!

—Pero ¡cómo me va a oír —replicó Terry— con esas orejas de palo que me lleva! ¡Es un cascarrabias duro de oído y tiene la cabeza llena de serrín!

—¡Te he oído! —bramó el capitán Carapalo, que se había escondido detrás de un barril—. Ya estoy harto de vuestros cuchicheos, pequeños amotinadores. ¡A la plancha os vais los tres! ¡Y también vuestras apestosas mascotas!

—¡No, los animales no! —suplicó Jill—. ¡No han hecho nada!

—Ya lo creo que sí —replicó el capitán Carapalo—. Están atufando mi barco, al igual que tú y tus amiguitos lloricas que aún llevan pañal. ¡A la plancha, he dicho!

El capitán desenfundó su sable moruno y lo usó para empujarnos hacia la plancha.

—Oiga, no se pase —dije, apartando el sable con el mango de la fregona—. Que eso duele.

—¿Buscas pelea, bribón? —dijo el capitán Carapalo—. ¡Pues la tendrás! ¡En garde!

Apenas tuve tiempo de empuñar la fregona antes de que se me echara encima, blandiendo el sable.

Me atacó. Yo me agaché.

Lo ataqué. Él se agachó.

Me atacó. Yo me agaché.

Lo ataqué. Él se agachó.

Me atacó. Yo me agaché.

¡PLAF!

Lo ataqué. Él se agachó...
... pero un pelín demasiado tarde. ¡PLAF!

La cabeza de palo del capitán salió disparada,

saltó por la borda

y cayó al mar.

Se quedó flotando unos instantes, hasta que uno de los tiburones que siempre rondaban el barco saltó por encima del agua y la engulló de un bocado.

—Mecachis —dijo Terry—. No creo que eso le haga demasiada gracia a la cabeza del capitán Carapalo.

—Ni a su cuerpo tampoco —añadió Jill—. ¡Cuidado!

¡Estoy aquí abajo!

El cuerpo descabezado del capitán Carapalo daba tumbos por la cubierta hecho una furia, rebanando el pescuezo de todo aquel que tuviera la desgracia de cruzarse en su camino.

Teníamos que largarnos de allí cuanto antes, pero el único lugar seguro era la plancha.

Terry, Jill, yo y todos los animales nos encaramamos a la tabla como pudimos.

Nos apretujamos, temblando de miedo, con la esperanza de que allí estaríamos a salvo. Y lo estábamos... pero no por mucho tiempo. El cuerpo del capitán Carapalo no tardó en venir por nosotros, avanzando a trompicones.

Nuestras miradas iban de los tiburones asesinos que teníamos debajo...

... al pirata decapitado y furibundo que avanzaba hacia nosotros con un enorme sable en la mano...

Nos miramos los unos a los otros.

—¿Saltamos? —pregunté.

—¡Saltamos! —contestaron los demás.

Dicho y hecho.

Los tiburones hambrientos nadaban en círculos a nuestro alrededor.

—¡Ay, madre! —exclamó Terry—. ¡Se nos van a comer!

—No, de eso nada —replicó Jill—. Voy a tener una charla con ellos.

Y vaya si lo hizo. No solo los convenció para que no nos devoraran, sino también para que nos ayudaran a huir en el patín, que seguía atado a la popa del barco pirata.

Los tiburones cortaron los gruesos cabos con los dientes...

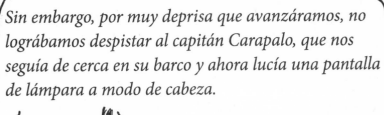

Sin embargo, por muy deprisa que avanzáramos, no lográbamos despistar al capitán Carapalo, que nos seguía de cerca en su barco y ahora lucía una pantalla de lámpara a modo de cabeza.

Justo cuando creíamos que las cosas no podían ir peor, eso fue justo lo que pasó.

Se desató una enorme tormenta y empezó a llover...

... a cántaros...

... y a mares.

Los truenos retumbaban...

Los relámpagos rasgaban el cielo...

... caían grandes pelotas de granizo...

... y se levantaban enormes olas.

Nuestra pequeña embarcación se veía zarandeada de aquí para allá como un juguete en medio del mar embravecido, y de pronto nos dimos cuenta de que nos deslizábamos sobre la cresta de la ola más inmensa que habíamos visto jamás.

El problema era que el barco pirata seguía pisándonos los talones.

Y se deslizó por la pendiente de la ola justo detrás de nosotros.

Fue entonces cuando avistamos tierra firme. Bueno, cuando digo «tierra firme» me refiero a un acantilado de rocas escarpadas.

El patín se estrelló contra las rocas pero, por increíble que parezca, nos las arreglamos para alcanzar la orilla sanos y salvos.

El barco pirata no tuvo tanta suerte. Se rompió en mil pedazos, y nunca más volvimos a ver al capitán Carapalo ni a ninguno de sus hombres.

A lo largo de los siguientes días, recogimos los restos del barco hundido del capitán Carapalo y los usamos para construir el primer piso de nuestra casa en el árbol.

También decidimos quedarnos con los tiburones porque, como he dicho antes, aunque dan mucho miedo, también molan cantidad.

Mientras tanto, Jill encontró una casita
abandonada al otro lado del bosque y decidió que
sería el hogar perfecto para ella y todos sus
animales.

Así que ahora ya sabéis cómo nos conocimos los tres y cómo acabamos viviendo aquí, y por qué odiamos tanto a los piratas.

—¡Uala! —exclama Terry—. Qué bien se te da contar historias, Andy. ¡Cuando describías la tormenta, casi podía sentir el viento y la lluvia, casi veía los relámpagos y oía los truenos!

—Ya, yo también —comento.

—Chicos —interviene Jill—, siento tener que decirlo, pero si notáis el viento y la lluvia, y veis los relámpagos y oís los truenos, no es porque a Andy se le dé tan bien contar historias, sino porque hay viento, lluvia, relámpagos y truenos. ¡Se acerca una terrible tormenta!

Mecachis. Jill tiene razón. Menuda nochecita nos espera. Será mejor que nos olvidemos del libro por un rato y nos aseguremos de que la casa en el árbol resiste a la tormenta. Ponte a cubierto, nos vemos cuando haya escampado.

CAPÍTULO 9

LOS RESTOS DEL NAUFRAGIO... Y LOS NÁUFRAGOS

A la mañana siguiente...

Ah, ahí estás. ¡Hola! ¡Vaya noche! Menuda tormenta, ¿verdad? Espero que no te mojaras demasiado.

Nosotros hemos acabado calados hasta los huesos, y la casa en el árbol está bastante destrozada. Por eso hemos bajado hasta la playa, para rescatar todo aquello que pueda servirnos para repararla entre los escombros que el mar ha arrastrado hasta la orilla.

Y esta mañana hay montones de cosas aquí abajo, porque durante la noche se ha hundido un barco.

En realidad es una gran coincidencia, teniendo en cuenta que acabo de contaros cómo acabamos naufragando en estas costas —nosotros, el capitán Carapalo y toda su tripulación—, pero supongo que es normal, porque son aguas muy peligrosas y porque la tormenta ha sido de aúpa.

Aquí tenemos todo lo que necesitamos. Hay tablones de madera, jirones de lona, cofres de madera, metros de cuerda, sacos de patatas... ¡y hasta un cañón!

—¡Qué guay! —exclama Terry—. ¡Siempre he querido tener un cañón!

—¿Por qué? —pregunta Jill.

—Porque son muy útiles.

—Muy útiles... ¿para qué?

—Yo qué sé... para entregar un libro a tu editor, por ejemplo. Lo metes en el cañón y lo disparas.

—Ah, claro, no se me había ocurrido —comenta Jill.

Terry y yo recogemos varias brazadas de madera y cuerda y las cargamos en el trineo de los gatos voladores de Jill.

—¡Chicos! —nos llama Jill desde la otra punta de la playa—. ¡Venid, deprisa!

Terry y yo nos acercamos corriendo. A los pies de Jill hay una persona tirada boca abajo en la arena.

—Debe de ser uno de los marineros del barco hundido —dice ella.

—Mirad, aquí hay otro —anuncia Terry.

—Y aquí otro —digo yo, y corro hasta la orilla para sacar del agua un cuerpo empapado.

Luego encontramos otro...

... y otro...

... y otro más...

... y otro...

... y otro...

... y otro...

... y otro más...

... hasta sumar diez en total.

—¿Crees que están muertos? —pregunta Terry,
tocando uno de los cuerpos con un palo.

—¡Ay! —exclama el cuerpo.

—No, no lo creo —contesto—. Ese no, por lo
menos.

El desconocido rueda hasta quedarse boca arriba, se
incorpora y parpadea.

Todos nos quedamos sin aliento. Y no solo porque nos sorprenda descubrir que está vivo, sino por su aspecto. ¡Es feísimo!

El barco naufragó anoche, pero este marinero parece llevar meses en el agua. Tiene la cara cubierta de algas y le cuelgan percebes de la barbilla. Tampoco huele demasiado bien, que digamos. Apesta a una mezcla de pescado podrido y queso mohoso.

—¿Quiénes sois vosotros? —pregunta, mirándonos desconfiado.

—Yo me llamo Andy —digo—, él se llama Terry y ella Jill. ¿Quién es usted?

—Soy el capitán del barco que naufragó anoche por culpa de la tormenta.

—No se preocupe, nosotros lo cuidaremos —dice Jill—. Haré que mis gatos voladores lo lleven a usted y a su tripulación hasta la casa en el árbol.

—Perdona —dice el capitán—, debo de estar delirando... Me ha parecido oírte decir «gatos voladores».

—Así es —confirmó Jill—. Le presento a Frufrú y a sus doce amigos, los gatos voladores.

—¿Frufrú? —dice el capitán—. En tiempos conocí a una gata llamada Frufrú, pero no era más que un cachorro y no sabía volar, por descontado. No estaba mal como esclava, eso sí.

—¡¿Esclava?! —exclama Jill, horrorizada.

—¿He dicho «esclava»? —farfulla el capitán—. Quería decir... escolta. Ya digo que estoy delirando.

—No quisiera parecer grosero —dice Terry—, ¿pero qué le ha pasado en la cabeza?

—Es una larga historia —dice el capitán—, y no demasiado agradable.

—¡Qué bien! —dice Terry—. Me encantan las historias largas... sobre todo si no son demasiado agradables.

—De acuerdo —cede el capitán—. Os la contaré si eso es lo que queréis, pero luego no digáis que no os lo advertí...

CAPÍTULO 10

LA HISTORIA DEL CAPITÁN PIRATA

Érase una vez un niño malo que solo soñaba con hacerse a la mar y convertirse en un pirata, y eso fue exactamente lo que hizo cuando creció. Se convirtió en un capitán pirata que surcaba los siete mares en su propio barco pirata, con su propia tripulación pirata.

El capitán pirata pasaba los días abordando otros barcos,

enterrando tesoros,

obligando a sus prisioneros a caminar por la plancha,

y era más feliz que una perdiz.

Hasta que un día su barco fue atacado por una enorme y repugnante criatura marina con forma de pez que olía como un viejo queso mohoso... Uno de esos quesos azulados y verdosos que te tumban de lo mucho que apestan.

—¡Gorgonzola! —exclama Jill.

—Eso es —dice el capitán—. Olía exactamente como el gorgonzola.

—¡No, quiero decir que esa criatura marina se llama Gorgonzola! —replica Jill.

—¡Es cierto! —exclama el capitán—. Pero ¿cómo diantres lo sabe un marinero de agua dulce como tú?

—Jill lo sabe todo acerca de los animales —informa Terry.

—¿De veras? —replica el capitán, observando a Jill con mucha atención antes de proseguir con su historia.

El capitán pirata desenfundó el sable y trató de arponear a Gorgonzola para ahuyentarlo pero, cuando se inclinó por la borda, la espantosa criatura saltó del agua ¡y le arrancó la cabeza de un bocado!

Pero el capitán pirata era un viejo lobo de mar y no iba a dejar que lo detuviera una minucia como quedarse sin cabeza. Ni corto ni perezoso, se talló una cabeza de madera y pasó a llamarse capitán Carapalo.

—¡Nosotros conocimos a un capitán Carapalo! —exclama Terry.

—No me digas... —replica el capitán, mirándolo fijamente.

—Sí —asegura Terry—. Pero no era muy bueno, que digamos. Nos hizo prisioneros y luego nos convirtió en sus esclavos.

—¡Por las barbas de Neptuno! ¡Debía de ser el mismo capitán del que os hablo! ¿Por casualidad os encontró a bordo de un patín?

—¡Sí! —contesto—. ¡Con forma de cisne!

El capitán pirata se vuelve hacia Jill.

—Y a ti... no me lo digas, ¿te encontró flotando a la deriva en un iceberg con un montón de animales?

—¡Eso es! —exclama Jill—. ¡Dos perros, una cabra, tres caballos, cuatro peces de colores, una vaca, seis conejos, dos conejillos de Indias, un camello, un burro y una gatita!

El capitán nos mira y remira, sin salir de su asombro.

—¡Que me cuelguen del palo mayor si me equivoco! —dice—. ¡Sois realmente vosotros! ¡Cuenta la leyenda que le arrancasteis la cabeza al capitán pirata con un golpe de fregona!

—Bueno... sí —reconozco—, pero él intentaba rebanarme el cuello con un sable. Escapamos y él nos persiguió, pero una terrible tormenta se abatió sobre todos nosotros. Nuestro patín y el barco pirata se estrellaron contra las rocas y acabaron hechos añicos. Nosotros fuimos los únicos supervivientes. Con los restos del barco pirata, construimos una casa en el árbol. ¡Mire, se ve allá arriba!

—¿Un barco pirata? —pregunta despacio el capitán—. ¿Usasteis un barco PIRATA para hacer una casita de juguete?

—Una casita de juguete, no —corrige Terry—, sino una casa en el árbol. Una casa en el árbol con trece pisos.

—Veintiséis, en realidad —puntualizo—. Recientemente hemos añadido trece pisos más.

—Pero no teníais ningún derecho a hacerlo —replica el capitán—. Ese barco no era vuestro.

—No, pero había naufragado, y el capitán estaba muerto, al igual que toda su tripulación —afirma Terry.

—Ahí es donde te equivocas —replica el capitán—. No me habéis dejado acabar la historia del capitán pirata.

—Lo siento —dice Terry—. ¿Cómo acaba la historia?

—Bueno, si me prometéis que os estaréis calladitos durante las próximas catorce páginas, os lo diré...

En el naufragio se ahogó toda la tripulación del capitán Carapalo, pero él se salvó. Por suerte, la pantalla de lámpara que se había puesto temporalmente a modo de cabeza lo mantuvo a flote durante muchos días... Bueno, hasta que volvió a encontrarse con su mayor enemigo, ¡Gorgonzola!

Esta vez, sin embargo, en lugar de limitarse a arrancarle la cabeza, ¡Gorgonzola se lo tragó entero!

Creedme, el vientre de esa criatura era la peor y más inmunda de las cárceles. Dicen que comía cuanto encontraba a su paso, y a juzgar por lo que había allí dentro, no lo dudo. ¡Era como un inmenso vertedero de los mares!

Cañas de pescar, gaviotas, contenedores de transporte marítimo, trajes de buzo, tablas de surf, motos acuáticas, enormes yates de lujo, viejas minas de la Segunda Guerra Mundial, barriles de dinamita, minisubmarinos experimentales acorazados y propulsados a pedales... Cualquier cosa que se os ocurra, allí estaba. Pero entre todos los desechos amontonados en el pestilente estómago de la bestia, el capitán encontró algo de un valor tan incalculable que se echó a llorar nada más verlo...

—¡Su cabeza original de carne y hueso! Ligeramente podrida y cubierta de algas, no voy a negarlo, pero aun así seguía siendo la cabeza más apuesta y gallarda que haya lucido pirata alguno.

Entonces hizo lo mismo que habría hecho cualquier capitán pirata que se preciara: reunió todos los barriles de dinamita,

los ató entre sí con una cuerda,

prendió fuego a la mecha...

... ¡e hizo estallar a la bestia en mil pedazos!

235

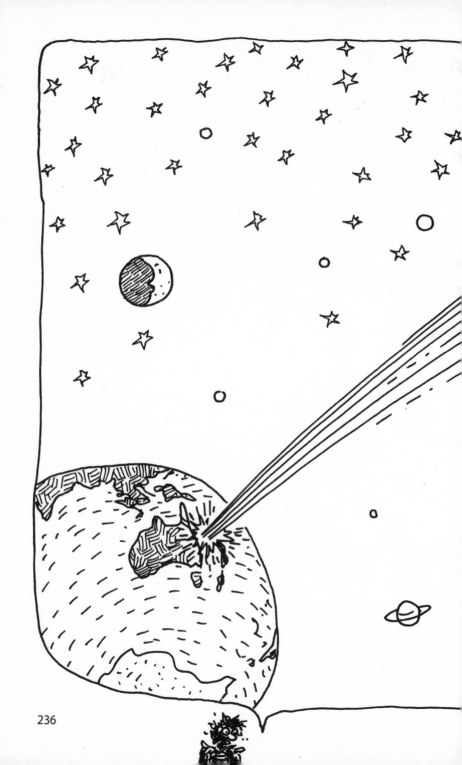

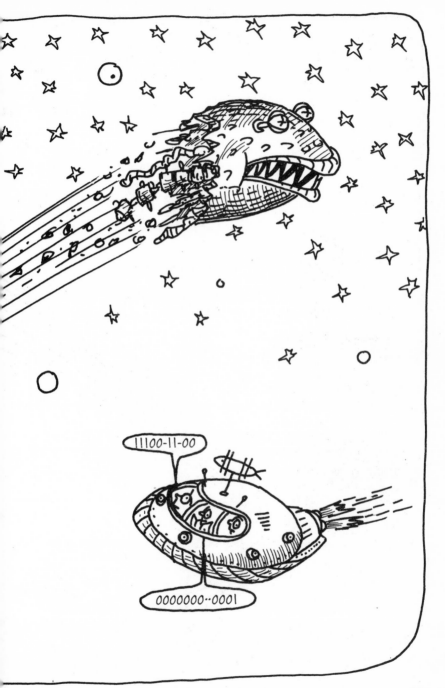

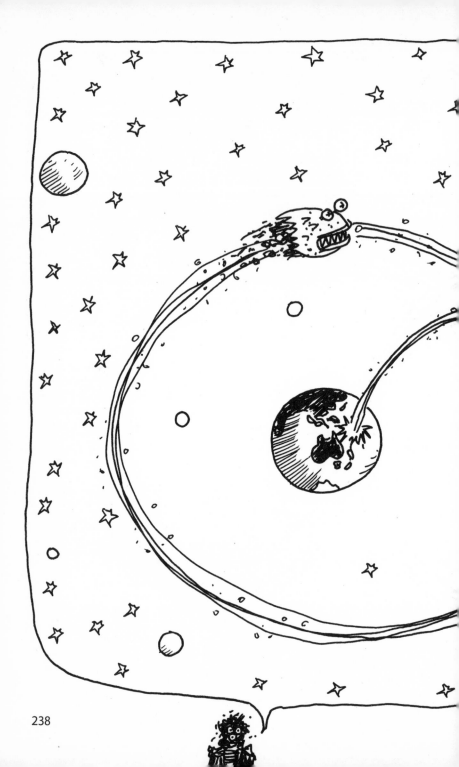

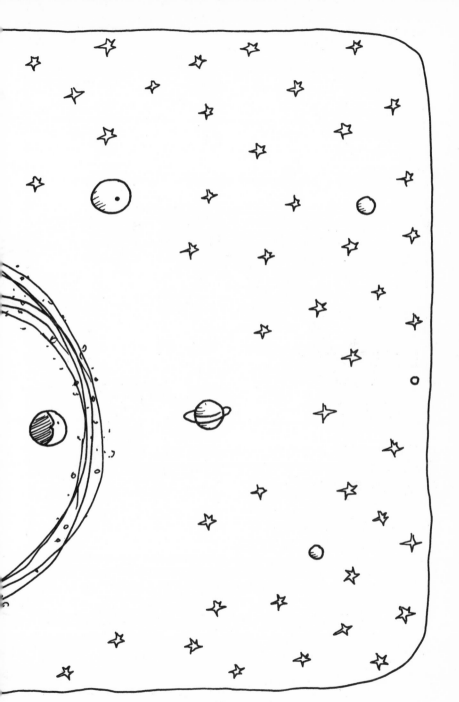

239

A lo mejor creéis que el capitán Carapalo también voló por los aires, pero no fue así.

Sano y salvo a bordo del minisubmarino acorazado propulsado a pedales, sobrevivió a la explosión y logró escapar.

No tardó en encontrar un barco digno de su persona al que echar el guante,

reunió una nueva tripulación de rufianes deseosos de cumplir todas sus órdenes...

... y regresó a su vida de pirata.

Vivía feliz y contento hasta que una noche se vio sorprendido por otra terrible tormenta y naufragó frente a las mismas costas donde se había hundido mi primer barco.

—Perdone —interviene Jill—, pero ¿ha dicho usted «mi primer barco»? ¿Es usted el capitán Carapalo?

—Ajá —dice el capitán—. Eres una chica lista. El capitán Carapalo y yo somos la misma persona.

—¡CORRED! —grita Jill—. ¡Es el capitán Carapalo!

—¿Dónde? —pregunta Terry, mirando alrededor.

—¡Lo tienes delante! —digo yo, señalando al capitán pirata.

—¿Ese? —replica Terry—. Pero si no tiene la cabeza de madera.

—¿No has oído nada de lo que ha dicho, Terry? —pregunta Jill—. Acaba de contarnos toda la historia. ¡Encontró su cabeza original en el vientre de Gorgonzola!

—¡Mecachis! —exclama Terry—. ¡Larguémonos de aquí!

—No tan deprisa... —dice el capitán Carapalo, alcanzándonos de una zancada y rodeándonos con un abrazo pirata (que es como un abrazo de oso, pero al estilo pirático)—. ¡Ahora sois mis prisioneros, y os haré pagar por todo lo que me habéis hecho!

—¡Pero si ha sido todo culpa suya! —replico—. ¡Fue usted quien nos secuestró y nos convirtió en esclavos, para empezar!

—Puede, pero vosotros me arrancasteis la cabeza con una fregona e hicisteis naufragar mi barco ¡y encima me robasteis lo que quedaba de él! ¡Así que voy a tomar posesión de vuestra casa en el árbol, con todo lo que hay a bordo, en nombre del capitán Carapalo!

Y, volviéndose hacia los demás náufragos, añade:

—¡Vamos, hatajo de perros sarnosos, levantaos! ¡La casa en el árbol ya es nuestra!

Fiel a su capitán, la tripulación se pone en marcha a trancas y barrancas. El capitán nos entrega a tres de los más fortachones mientras los demás empiezan a trepar obedientemente por el acantilado en dirección a la casa en el árbol.

Nosotros pataleamos y forcejeamos con nuestros secuestradores, pero es inútil. Son demasiado fuertes.

—Bueno, hasta aquí hemos llegado —digo yo—. Se acabó la casa en el árbol.

—No temáis —dice Terry, levantando la camiseta—. ¡Llevo puestos mis calzoncillos de emergencia autoinflables! ¡Fijaos en esto! —Entonces tira de un cordoncillo que le cuelga por delante de los pantalones.

Los calzoncillos de Terry se inflan tan deprisa y con tal ímpetu que los piratas que nos retienen se caen de espaldas en la arena.

Los tres piratas se levantan de un salto, desenvainando los sables.

—No os separéis de mí —dice Terry mientras avanza hacia ellos.

—¿Qué haces, Terry? —exclama Jill—. ¡Llevas puestos unos calzoncillos inflables y ellos tienen espadas afiladas!

—Lo sé —contesta Terry—. ¡De eso se trata!

Antes de que pueda preguntarle por qué lo dice, se oye un sonoro...

... seguido de una potente ráfaga de aire, y de pronto salimos despedidos hacia las alturas.

¡PFFFFFF!

Subimos.

Bajamos.

Volvemos
a subir.

Caemos en picado.

Damos una vuelta de campana...

Dos...

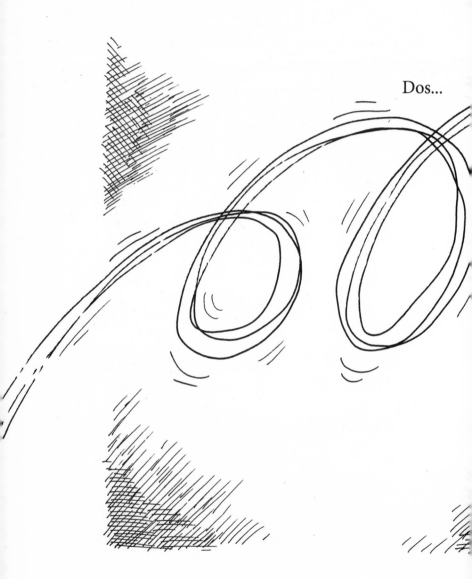

Tres...

Y luego...

Acabamos colgados de la rama de un árbol.

Un gran árbol.

No puedo creerlo.

¡Es nuestro árbol!

—Perdón por el viajecito —dice Terry—. No se me da demasiado bien pilotar esta cosa.

—Lo has hecho fenomenal —digo yo, deshaciéndome de los jirones de tela elástica que se me han quedado pegados—. ¡Pero lo que me gustaría saber es por qué llevabas puestos los calzoncillos de emergencia autoinflables!

—Porque todos mis calzoncillos normales están sucios —contesta Terry—. Por eso intentaba lavarlos, ¿recuerdas?

—Ah, claro —digo—. Parece que hayan pasado siglos de eso.

—Solo han pasado doscientas páginas —comenta Terry.

—Doscientas trece, en realidad —precisa Jill—. Pero este libro no tendrá muchas más páginas si no protegemos la casa en el árbol de los piratas. ¡Mirad! ¡Ya están aquí!

Miramos hacia abajo. Jill tiene razón. Los piratas ya
han trepado hasta la cima del acantilado y han
rodeado el tronco del árbol.

CAPÍTULO 11

DIEZ DESDICHADOS PIRATAS

—¡Abrid! —grita el capitán Carapalo, aporreando la puerta.

—¡Lo siento! —contesto—. ¡Solo se admiten socios!

—Venga ya, Andy... —replica el capitán Carapalo—.
Déjanos entrar a mi tripulación y a mí. Te prometo
que no pasará nada malo. Perdona y serás perdonado,
ese es mi lema.

—Pero ¿qué hay de todo lo que ha dicho usted en la
playa, lo de hacérnoslas pagar y quedarse con la casa
en el árbol?

El capitán Carapalo suelta una carcajada estruendosa.

—¡Bah, olvidad todo eso! —contesta—. ¡No son más que las paparruchas de un viejo pirata! Lo único que queremos es entrar, quitarnos las botas y dejar que se sequen nuestros huesos empapados. Un par de días y volveremos a zarpar.

—Lo siento —dije—, pero me temo que la respuesta sigue siendo «no».

—Muy bien, entonces no me dejáis alternativa.
¡Entraremos aunque sea a cañonazos! —brama el
capitán Carapalo, recuperando su habitual maldad—.
¡Hombres, cargad el cañón!

—¡Oh, no! —exclama Terry—. ¿Qué vamos a hacer?
   —Dejarles entrar —digo yo.
   —¿Te has vuelto loco? —exclama Jill—. ¿Vas a dejar
que entren, así por las buenas?

—Eso es —contesto—. Ya sé que parece una locura, pero se me acaba de ocurrir una idea. ¿Recordáis esa canción infantil que habla de unos piratas que se van muriendo uno detrás de otro?

—¡Claro! —contesta Jill—. *Diez desdichados piratas* es una de mis preferidas. Pero ¿de qué puede servirnos una canción infantil, por mucho que hable de piratas?

—Verás —le digo—, incluso las canciones infantiles más descabelladas tienen un poso de verdad. Como *La vaca y la luna,* por ejemplo. Todo el mundo cree que es una historia inventada sobre una vaca que salta por encima de la luna, pero en 1864, en el condado inglés de Dorset, ocurrió realmente que una vaca saltó por encima de la luna.

—¿En serio? —pregunta Terry.

—¡Como te lo digo! —contesto—. Y en *La cuna sobre el árbol* hay una cuna con un bebé en lo alto de un árbol, y cuando el viento sopla la cuna se cae. Pues bien, varios estudios científicos demuestran que, si pones una cuna con un bebé en lo alto de un árbol y empieza a soplar viento, la cuna y el bebé acabarán cayendo.

—¡Es increíble! —exclama Terry—. ¿Quién lo hubiese dicho?

—Y, por supuesto, está la canción de *La araña y su artimaña*...

—¡Eso me pasó a mí! —exclama Jill—. ¡Estaba desayunando tan tranquila cuando vino una araña y me dio un susto de muerte!

—Creía que te gustaban todos los animales —dice Terry.

—Las arañas, no —contesta Jill—. A nadie le gustan las arañas. Ni siquiera a las arañas les gustan las arañas.

—Bueno —prosigo—, el caso es que, si tengo razón, *Diez desdichados piratas* sugiere que diez piratas y nuestra casa en el árbol es una combinación nefasta.

—Espero que sepas lo que haces, Andy —dice Terry.

—Yo también —contesto.

—¡Esta es vuestra última oportunidad de rendiros pacíficamente! —brama el capitán Carapalo—. ¡Si no aceptáis, os haré volar por los aires, a vosotros y a vuestra casa en el árbol, de un modo nada pacífico!

—Eso no será necesario —le digo—. Hemos celebrado una reunión rápida y hemos decidido nombrarlos socios de honor, a usted y a toda su tripulación, lo que incluye el uso ilimitado de la máquina dispensadora de chuches, la fuente de limonada y la heladería.

—¡Eso ya me gusta más! —exclama el capitán entre los vivas de la tripulación.

Bajo a abrir la puerta y los piratas entran en tromba, más contentos que unas pascuas. En cuestión de segundos, suben la escalera de mano y llegan a la planta principal.

—Bueno, debo decir —empieza el capitán Carapalo, mirando a su alrededor— que habéis construido toda una mansión con los restos de mi barco. Creo que mis hombres y yo vamos a ser muy felices aquí. Felices como perdices. ¡Sobre todo con tres esclavos como vosotros!

—¿Esclavos? —replica Terry—. Pero ha dicho usted que, si les dejábamos entrar, no nos pasaría nada malo.

—Hay muchas cosas peores que ser esclavo de unos piratas, muchacho —replica el capitán Carapalo—. Que te arranque la cabeza un pez enorme que apesta como un queso mohoso, por ejemplo; eso es bastante malo. O que te engulla un pez enorme que apesta como un queso mohoso; eso tampoco es nada divertido. Y que tu barco naufrague en plena tormenta y unos ladronzuelos te roben lo poco que queda de él tampoco es para ponerse a dar saltos de alegría, os lo aseguro...

COSAS PEORES QUE SER UN **PIRATA**

1. Que te corten en dos y te conviertas en medio pirata

2. Ser dos piratas

3. Ser un maniquí de simulación de accidentes de tráfico

4. Ser una puerta automática que se abre y cierra sola

5. Ser Andy

6. Ser un trozo de leña

7. Andy

8. Jill

9. Frufrú

—¡Eh, capitán! —chilla uno de los piratas—. ¡Fíjese en esta liana! ¡Venga a columpiarse con nosotros!

Los marineros del capitán Carapalo están todos apelotonados al borde de la plataforma de observación, agarrados a una liana.

—¡Menuda liana, por mi antigua cabeza de palo! —dice el capitán. Luego, volviéndose hacia nosotros, añade—: Vosotros tres quedaos aquí. Solo voy a columpiarme un poco y luego volveré para deciros cómo funcionarán las cosas por aquí de hoy en adelante.

El capitán coge carrerilla y, con un gran salto, se encarama a la liana, donde lo espera su tripulación al completo. Con un impulso, se lanzan al vacío y se balancean en el aire.

—Bueno, de momento vamos bien —digo.

—¿De qué hablas? —pregunta Terry—. ¡Los piratas se han adueñado de la casa en el árbol y volvemos a ser sus esclavos!

—Sí, pero no por mucho tiempo —replico—. La primera estrofa de *Diez desdichados piratas* dice:

Diez desdichados piratas
de una liana se han colgado...
Uno de ellos se ha caído
y solo nueve han quedado.

Y fijaos en lo que está pasando: ¡diez piratas de una liana se han colgado! ¿Veis a qué me refiero cuando digo que las canciones infantiles no son tan descabelladas como parece? Lo único que tenemos que hacer es esperar.

—Hay que reconocer que parece bastante peligroso
—comenta Terry—. Hay diez piratas colgados de una
liana cuando salta a la vista que solo aguanta a nueve.

—Bueno, tan peligroso no será —dice Jill mientras
los vemos pasar columpiándose en dirección al lago
helado—. Porque nadie se ha caído todavía.

—No, todavía no —digo yo, cruzando los dedos de
ambas manos—, pero podría pasar en cualquier
momento...

Entonces se oye un grito espeluznante, y vemos que uno de los piratas se ha soltado de la liana y cae al vacío.

Nos asomamos al borde de la plataforma y vemos un agujero con forma de pirata recortado en el suelo.

—¡Tenías razón! —exclama Terry—. Pero ¿qué hay de los demás?

—Bueno, se han ido a patinar en el lago helado —comento—, que es exactamente donde deberían estar según la canción.

**Nueve desdichados piratas
patinan de aquí para allá...**

Si mis cálculos son correctos, no tardaremos en oír un sonoro crujido...

—¿Cómo ese? —pregunta Terry.

—Exactamente como ese —contesto—. Creo que, de ahora en adelante, podemos limitarnos a seguir la letra de la canción.

Nueve desdichados piratas
patinan de aquí para allá...
Pero el hielo se resquebraja
y solo ocho quedan ya.

Ocho desdichados piratas
se han montado en un torete...

Uno sale despedido
y ya solo quedan siete.

Siete desdichados piratas
estrellas del rock se han creído...

Uno se pega un calambrazo.
Solo seis han sobrevivido.

Seis desdichados piratas
se tiran todos de un brinco.

Uno cae fuera del agua
y ahora ya solo hay cinco.

Cinco desdichados piratas
de helado se ponen morados.

Uno se convierte en hielo
y quedan cuatro contados.

Cuatro desdichados piratas
en la catapulta juegan...

Uno sale disparado
y ahora solo tres quedan.

Tres desdichados piratas
la piel se quisieron tatuar...

El TAC* se volvió majara y solo quedó un par.

* Siglas de Tatuajes Automáticos en Color, por si lo habéis olvidado.

Dos desdichados piratas
en el barro se han pringado...

Uno se ha cocido al sol
y el otro solo ha quedado.

—¡Es alucinante, Andy! —dice Terry—. Todo ha pasado tal como dice la canción, ¡solo queda un pirata!

—Sí —añade Jill—, pero por desgracia es el peor de todos, ¡el capitán Carapalo! ¡Y viene hacia aquí!

—Que no cunda el pánico —les digo—. Falta la última estrofa.

Un desdichado pirata
sacó su sable moruno,
se perdió en el laberinto
y ya no quedó ni uno.

—Bueno, aquí la canción no acaba de acertar —opina Terry—. Es verdad que el capitán pirata ha sacado su sable, pero no se ha perdido en el laberinto. ¡De hecho, ni siquiera ha entrado en él!

—Todavía no —puntualizo—, pero no tardará en hacerlo. ¡Vamos!

—¿Adónde? —pregunta Terry.

—¡Al laberinto maldito!

—¡Pero es muy peligroso! —nos advierte Terry—. Fijaos en los letreros.

—¡Ya sé qué pone en los letreros, pero el capitán Carapalo es todavía más peligroso! Tiene un sable moruno, ¿recuerdas?

—En eso tienes razón —dice Terry—. ¡Vamos allá!

CAPÍTULO 12

EL LABERINTO MALDITO

Nos adentramos en el laberinto.

El capitán Carapalo nos persigue, tal como yo esperaba.

Doblamos a la izquierda.

Doblamos a la derecha.

Doblamos a la izquierda otra vez.

Y luego a la derecha...

Izquierda...

Izquierda...

Derecha...

Izquierda...

Derecha...

Derecha...

Izquierda...

Derecha...

Derecha...

Y a la izquierda...

Hasta llegar a un callejón sin salida.

No podemos más, estamos sin aliento.

—Creo que le hemos dado esquinazo —digo.

—¡Sí, pero nos hemos perdido! —protesta Jill.

—De eso nada —replico—. Lo único que tenemos que hacer es volver sobre nuestros pasos.

—Pero a mí no se me da nada bien correr hacia atrás —dice Terry.

—No me refería a eso —le digo—. Es tan sencillo como deshacer el camino. Vosotros seguidme.

Doblamos a la derecha...

Y luego a
la izquierda...

Izquierda...

Luego a la derecha...

Izquierda...

Izquierda...

Derecha...

Izquierda...

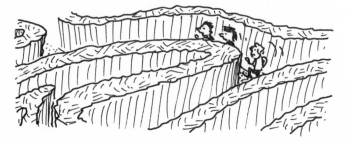

Derecha...

Derecha...

Izquierda...

Derecha...

Izquierda...

—O mucho me equivoco —digo—, o deberíamos ver la salida nada más doblar a la derecha.

Pero no es así.

Estamos en punto muerto. Nunca mejor dicho, la verdad, porque hay un esqueleto tirado junto al seto, y lleva puesta una gorra de cartero.

—¿No es la gorra de Bill, el cartero? —pregunta Jill.

—¡Por eso no recibía cartas! —exclama Terry.

—¡Qué lástima! —se lamenta Jill.

—Desde luego —replica Terry—, porque no hay nada que me guste más que recibir correspondencia.

—No, me refería a Bill. Le tenía mucho cariño.

—Yo también —le digo—, pero no es culpa nuestra. Los letreros de advertencia son muy claros. Si lo llaman «laberinto maldito», por algo será...

—Pero nosotros hemos entrado —replica Jill.

—Ya, pero solo porque era una emergencia.

—¿Y ahora cómo salimos de aquí? —pregunta Jill.

—No lo sabemos —confiesa Terry.

—¿Cómo que no lo sabéis? ¿Vosotros lo construisteis, no? ¿Dónde están las salidas de emergencia?

—No las hay —digo yo.

—Pero todos los laberintos tienen salidas de emergencia —insiste Jill.

—Ya, pero estamos en el laberinto maldito —le explico—. No tiene salidas de emergencia. ¡Eso sería hacer trampa!

—¡Oh, no! —se lamenta Terry—. Acabaremos convertidos en un montón de huesos... ¡igual que Bill, el cartero!

—Quizá no —dice Jill, mirando hacia el cielo—. ¿Oís eso?

—¿El qué? —pregunta Terry.

—Ese suave aleteo —dice Jill—. ¡O mucho me equivoco yo también, o por ahí vienen Frufrú y sus amigos!

—¡Frufrú nos salvará! —exclama Jill—. Lo único que tenemos que hacer es seguirla.

Cuánta razón tiene. En menos que canta un gallo, salimos del laberinto...

... y volvemos sanos y salvos a la casa en el árbol.

—Gracias, Frufrú —dice Terry—. Eres una guía espectacular, mejor aún que Superdedo.

—Será porque Frufrú es real —opina Jill—, mientras que Superdedo es solo un personaje que inventasteis Andy y tú en vuestro último libro, ¿te acuerdas?

—Ah, claro —dice Terry.

—Hablando de libros —les digo—, ¿qué os parece si le ponemos el punto final a este? No creo que el capitán Carapalo vuelva a darnos problemas. Nunca logrará salir vivo de ahí dentro.

—Yo no estaría tan seguro de eso —replica Terry, señalando hacia atrás.

Me doy la vuelta y veo al capitán Carapalo saliendo del laberinto.

—Pero ¿cómo ha podido encontrar la salida? —pregunto, sin acabar de creerlo, mientras retrocedemos por la plataforma—. ¡Es el laberinto más grande del mundo! ¡Es el laberinto maldito!

—Pura suerte, supongo —dice el capitán Carapalo, avanzando hacia nosotros, blandiendo su sable moruno como si quisiera cortar el aire—. Bueno... suerte para mí, no para vosotros.

En eso tiene razón.

Esta vez no hay escapatoria.

Estamos al borde de la plataforma.

Debajo queda el tanque de los tiburones.

—¡Me lo habéis quitado todo! —brama el capitán
Carapalo—. ¡Mi cabeza de madera, dos de mis barcos,
y ahora os habéis cargado también a mi tripulación!
¡Pero ha llegado la hora de la venganza! ¡Preparaos
para morir!

El capitán Carapalo alza el brazo en el aire, y su sable centellea al sol.

—Preparaos para saltar —les digo a mis amigos.

—Ni lo sueñes —replica Jill—. No pienso molestar a los tiburones.

—Callaos de una vez —refunfuña Terry, mirando hacia arriba—. Prestad atención.

—¿Qué pasa? —pregunta Jill.

—Ese sonido extraño. ¡O muchísimo me equivoco, o es el sonido de una cabeza de pez que una explosión ha desgajado del resto del cuerpo, ha volado hasta el espacio, ha entrado en órbita y ahora regresa a la Tierra!

Oímos un sonido amenazador, y cuando miramos hacia arriba vemos la aterradora cabeza de Gorgonzola viniendo derecha hacia nosotros.

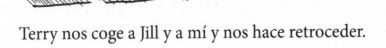

Terry nos coge a Jill y a mí y nos hace retroceder.

La cabeza de Gorgonzola aterriza justo encima del capitán Carapalo!

El capitán camina a trompicones...

Se queda sin suelo bajo los pies...

Se cae de la plataforma...

Y se hunde en el tanque de los tiburones.

Tras unos instantes de frenesí salvaje, entre destellos de aletas y colmillos, reina un silencio sepulcral.

—Me parece que los tiburones están mucho mejor —comenta Terry.

—Sí —digo yo—. Está claro que han recuperado el apetito.

—Solo espero que tuviera los calzoncillos limpios —apunta Jill.

CAPÍTULO 13

EL ÚLTIMO CAPÍTULO

¿Sabes?, no hay nada como una sesión en la cámara de gravedad cero para acabar de relajarte después de unos días tan estresantes como los que acabamos de pasar.

Te sientes tan tranquilo...
Y tan ligero...
Y tan ingrávido...

—Mecachis —dice Terry—. Es el videoteléfono. ¡Solo puede ser el señor Narizotas!

Tiene razón. Será mejor que conteste.

—¿Por qué has tardado tanto? —pregunta el señor Narizotas—. ¡No tengo todo el día!

—Lo siento —le digo—. Estaba relajándome un poco en la cámara de gravedad cero.

—¿Relajándote? ¿Y qué hay del nuevo libro?

—Está acabado —digo.

—¿Y por qué no está en mi escritorio?

—No se preocupe —le digo—. Se lo entregaré muy pronto, pero últimamente hemos tenido un poco de follón. Verá...

—Ahórrate los detalles —replica el señor Narizotas—. No te pago para que me vengas con excusas, sino para que hagas libros, ¡y si no tengo el nuevo libro en mi escritorio dentro de cinco minutos, no te lo voy a pagar, y ya puedes ir buscándote otro editor!

—Pero creía que teníamos de plazo hasta el viernes —digo.

—Y así era, pero ha habido un cambio en la programación —replica el señor Narizotas—. Cinco minutos... o ya sabes.

La pantalla se queda en blanco.

—¿Qué pasa, Andy? —pregunta Jill.

—El nuevo libro —le digo—. Han cambiado la programación. Teníamos que entregarlo la semana que viene, pero ahora es para dentro de cinco minutos.

—Odio al señor Narizotas —refunfuña Terry.

—Cállate —le digo—, ¡que te va a oír!

—¿De qué libro nuevo estáis hablando? —pregunta Jill.

—¡De este! —le explico—. Cuenta cómo nos conocimos Terry y yo. Tú también sales.

—¿En serio? —dice Jill—. ¿Puedo verlo?

—Claro.

Érase una vez
una ciudad muy grande,
en una tierra lejana...

32

y en esa ciudad muy grande
había una torre muy alta...

—¡Aquí llega Jill! —anuncia Terry.

—¡Uala! —exclamo—, ¡qué rapidez!

—Sí —confirma Jill—, ¡los gatos voladores son fantásticos! Convertir a Frufrú en un gatnario es lo mejor que has hecho en tu vida, Terry. En cambio, echar tus calzoncillos a los tiburones tiene que ser lo peor que has hecho nunca.

56

Jill observa a los tiburones desde fuera.

—Pobrecillos —dice—. Será mejor que me meta en el agua para examinarlos más de cerca.

Terry y yo vemos cómo Jill y sus gatos se zambullen en el tanque y se ponen manos a la obra.

57

No sé si habéis estado alguna vez en un tanque lleno de tiburones asesinos, pero creedme, es para echarse a temblar. Los tiburones parecen más grandes incluso bajo el agua que vistos desde fuera.

—¿Y si los tiburones se despiertan y se les abre el apetito mientras los estamos operando? —pregunto.

—Eso no pasará, créeme —dice Jill—. Pero, por si acaso, les pondré a todos una buena dosis de la poción «Dulces Sueños, Tiburón», del doctor Cabezahueca.

328

Por ejemplo, lo obligaban a llevar zapatos,

a lavarse los dientes,

a peinarse,

a ponerse una gorra cuando hacía sol,

y a abrigarse cuando hacía frío.

Lo obligaban a echar una mano en casa.

120

121

... hasta quedar reducido a un bloque de hielo.

162

—¿Y qué pasó entonces? —pregunta Terry—. ¿Os ahogasteis todos?

—No, no nos ahogamos —contesta Jill—. Entonces vimos un barco.

163

329

El problema era que el barco pirata seguía pisándonos los talones.

Y se deslizó por la pendiente de la ola justo detrás de nosotros.

Todos nos quedamos sin aliento. Y no solo porque nos sorprenda descubrir que está vivo, sino por su aspecto. ¡Es feísimo!

El barco naufragó anoche, pero este marinero parece llevar meses en el agua. Tiene la cara cubierta de algas y le cuelgan percebes de la barbilla. Tampoco huele demasiado bien, que digamos. Apesta a una mezcla de pescado podrido y queso mohoso.

—¿Quiénes sois vosotros? —pregunta, mirándonos desconfiado.

—Yo me llamo Andy —digo—, él se llama Terry y ella Jill. ¿Quién es usted?

—Soy el capitán del barco que naufragó anoche por culpa de la tormenta.

—No se preocupe, nosotros lo cuidaremos —dice Jill—. Haré que mis gatos voladores lo lleven a usted y a su tripulación hasta la casa en el árbol.

—Perdona —dice el capitán—, debo de estar delirando... Me ha parecido oírte decir «gatos voladores».

—Así es —confirmó Jill—. Le presento a Frufrú y a sus doce amigos, los gatos voladores.

¡¡BUUUUM!!

Uno sale despedido
Y ya solo quedan siete.

Siete desdichados piratas
estrellas del rock se han creído...

¡CLONC!

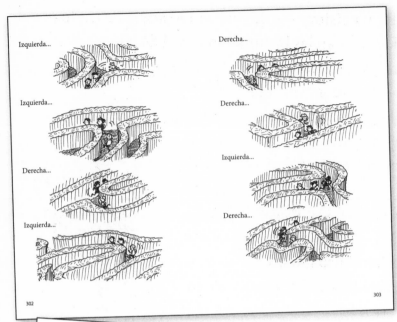

Izquierda...

Derecha...

Izquierda...

Derecha...

Derecha...

Izquierda...

Izquierda...

Derecha...

302

303

—Es buenísimo —dice Jill cuando acaba de leerlo—. ¡Me encantan las historias con final feliz!

—¡A mí también! —exclama Terry.

—Ya —digo yo—, pero el caso es que no tendrá un final feliz a menos que se lo entreguemos a tiempo al señor Narizotas.

—¿Por qué no usamos el cañón del capitán Carapalo? —sugiere Terry—. Podemos meter el libro dentro y disparárselo directamente. ¡Le llegaría en un periquete!

—¡Gran idea! —exclamo—. Vamos a meterlo en el cañón.

333

—Es buenísimo —dice Jill cuando acaba de leerlo—. ¡Me encantan las historias con final feliz!

—¡A mí también! —exclama Terry.

—Ya —digo yo—, pero el caso es que no tendrá un final feliz a menos que se lo entreguemos a tiempo al señor Narizotas.

—¿Por qué no usamos el cañón del capitán Carapalo? —sugiere Terry—. Podemos meter el libro dentro y disparárselo directamente. ¡Le llegaría en un periquete!

—¡Gran idea! —exclamo—. Vamos a meterlo en el cañón.

—Muy bien —anuncia Terry—, ¡allá vamos! ¿Puedo encender la mecha?

—Claro —le digo.

Le doy una cerilla.

3... 2... 1...

¡BUUM!

—¡Oye, eso parece divertido! —dice Jill—. ¿Me dejáis probar?

—Claro —contesta Terry—. ¡Métete dentro!

—Así que ya está —dice Terry—. ¡Misión cumplida! ¿Podemos tomarnos unos días libres?

—Ya lo creo —contesto—. No tenemos que entregar el siguiente libro hasta dentro de un año, por lo menos.

—Genial —dice Terry—, porque he dibujado unos planos de los próximos trece pisos y me gustaría saber qué opinas de...

Andy Griffiths vive en una casa en el árbol de 26 pisos con su amigo Terry, y entre los dos escriben libros desternillantes como este que ahora tienes en las manos. Andy pone los textos y Terry los dibujos. Si te pica la curiosidad, no dejes de leerlo.

Terry Denton vive en una casa en el árbol de 26 pisos con su amigo Andy, y entre los dos escriben libros desternillantes como este que ahora tienes en las manos. Terry pone las ilustraciones y Andy los textos. Si te pica la curiosidad, no dejes de leerlo.